CHRONIQUES DE LA GUERRE DE LODOSS

1. LA DAME DE FALIS

SCÉNARIO
RYO MIZUNO

DESSIN
AKIHIRO YAMADA

DELCOURT

MYTHOLOGIE

À l'Origine n'existait
qu'un seul Être,

Fosselia, l'Unité du Monde.
La vie du Titan Originel
touchant à sa fin,
Advint le Commencement.

Sa chair se fit Terre,
Son sang fut Mer,

Son dernier souffle
devint Vent.
Accablé de solitude,
Son cœur s'enflamma,
Faisant jaillir chaleur et vie.

La vie apparut avec
les Dieux.

De son pied droit naquit Mailee, Dieu du Combat,
De son pied gauche, Tshaza, Déesse du Commerce.

Sa tête engendra Râda, Dieu du Savoir,
Et son tronc Marfa, Déesse de la Terre nourricière.

De sa néfaste main droite surgit Faralis, Déesse des Ténèbres,
De sa prodigue main gauche, Falis, Dieu de la Lumière Souveraine.
De sa toison sont issues les plantes, de ses écailles les dragons.

Les Dieux, contemplant avec tristesse
Le Chaos régnant au Ciel, sur Terre et en Mer,
Scindèrent le Monde en trois.

D'un côté le monde des esprits,
De l'autre celui de la matière,
Et entre le monde de la magie.

Puis les Dieux,
peinés de n'avoir
Rien nommé au Ciel,
Rien créé sur Terre,
Répartirent les créatures

En esprits, animaux et
êtres magiques.

LÉGENDE

Les Divinités ayant
Accompli à l'unisson
D'innombrables créations,
Un jour vint la désunion.

La discorde, une fois apparue,
Se répandit comme un feu
sur la plaine.

Alors les Dieux s'affrontèrent,
Séparés dans
les camps opposés,
De la Lumière et
des Ténèbres.
Le Ciel vacilla, faisant
tomber ses étoiles,
La Mer s'entrouvrit, laissant voir
le fond des eaux.

Qui avec ses dents,
qui avec ses griffes,
Qui se drapant de nuages,
Qui chevauchant le vent,
Tous eurent beau batailler,
jetant des éclairs,
Le long combat ne vit pas de vainqueur.

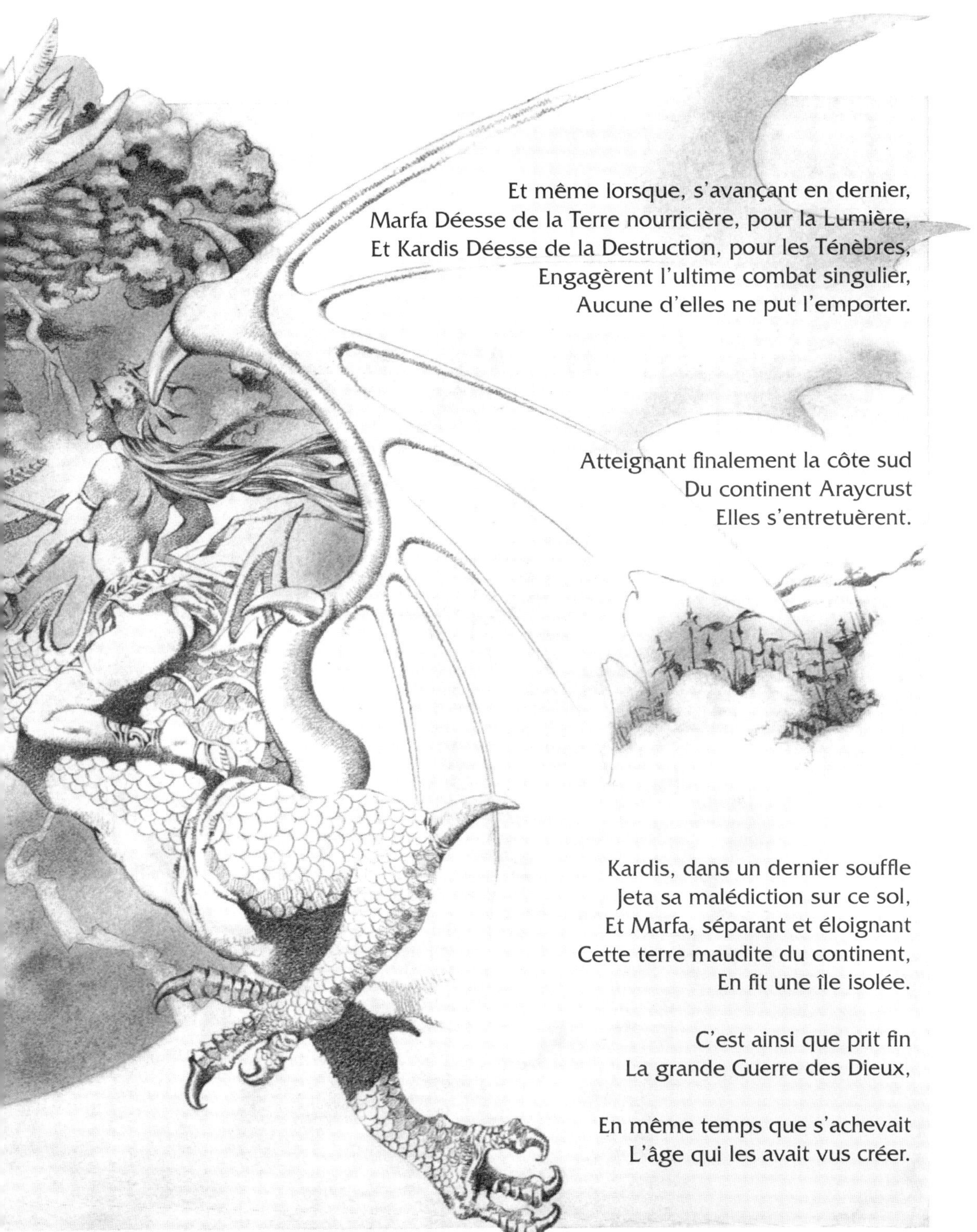

Et même lorsque, s'avançant en dernier,
Marfa Déesse de la Terre nourricière, pour la Lumière,
Et Kardis Déesse de la Destruction, pour les Ténèbres,
Engagèrent l'ultime combat singulier,
Aucune d'elles ne put l'emporter.

Atteignant finalement la côte sud
Du continent Araycrust
Elles s'entretuèrent.

Kardis, dans un dernier souffle
Jeta sa malédiction sur ce sol,
Et Marfa, séparant et éloignant
Cette terre maudite du continent,
En fit une île isolée.

C'est ainsi que prit fin
La grande Guerre des Dieux,

En même temps que s'achevait
L'âge qui les avait vus créer.

CHRONOLOGIE

Suivit un interminable silence.
Enfin apparut l'Homme.

L'Homme, issu du sang des Dieux
Et doté de pouvoirs magiques,
Fonda un Royaume.

Ce pays reçut
Le nom de Kastuhl.

La magie y était Loi,

Et les plus puissants magiciens
En furent légitimement Rois,

Faisant flotter la capitale dans les airs,
Asservissant même les dragons.
Ceux à la faible magie,
Quittant la cité,
Vécurent par l'épée
Dans les plaines sauvages et hantées
Où ils fondèrent un peuple barbare.

La pérennité du Ciel
et de la Terre,
Avait été refusée aux hommes.
Avec les ans, gloires en chimères
Peu à peu s'effacèrent.

Les érudits eurent beau
S'acharner à l'étude,
Leur esprit profane
Ne put fonder un monde éternel.
Alors le mana, source de la magie
À travers le monde se répandit.

Les tribus barbares
Prirent d'assaut la capitale.
Le Royaume, à son tour, disparut.

Avec lui, la magie
Fut bannie du visible.
Seuls demeurèrent
Ses pouvoirs occultes,
Et les épées régnèrent.

AMI SAIS-TU
LES MAINTS CHANTS GLORIEUX
GRAVÉS DANS L'HISTOIRE
DE LODOSS ?

AMI SAIS-TU QUEL FUT LE DESTIN DES VALEUREUX COMBATTANTS DE LA GUERRE DES HÉROS ?

RAIDEN
FLAIM
ALANIA
VALIS
KANON
MOSS
MARMO
MOSS
SUD-OUEST DE LÎLE DE LODOSS

MAIS AMI, SAIS-TU ?
LES SIX HÉROS,
LE ROI DES DÉMONS
ET LEUR COMBAT QUE
NUL N'A RACONTÉ...
ESPRIT...

ESPRIT DU MAL !
POURQUOI NE RÉPONDS-TU PAS ?
J'AI ACCOMPLI CE SACRIFICE EN TON SEUL HONNEUR !
... ALLONS, MONTRE-TOI, ET REÇOIS CE SANG EN OFFRANDE...
!!!!
PAR KARDIS !
LA PESTE SOIT SUR CE MAGICIEN !!
TAK
IL S'EST PAYÉ MA TÊTE !!

Qu...??
CETTE HISTOIRE DE DÈMON ENFERMÉ, DU VENT !
"LE PLUS INSONDABLE DÉDALE", BONIMENT !
PAS LA PLUS PETITE TRACE DE MAGIE !

ÇA ALORS...
TE VOILÀ ?
C'EST À TON GOÛT, HEIN ?
TU ACCEPTES DONC MON OFFRANDE ?
ELLE A SUBI LES RITUELS SACRI-FICIELS DE FARALIS ET DE KARDIS !
EXAUCERAS-TU MON VŒU ?

JE VEUX DEVENIR MAÎTRE DE LODOSS,
NON...
JE NE M'EN TIENDRAI PAS...
... À CE MISÈRABLE ÎLÔT !
HUM...
JE SERAI LE MAÎTRE DU MONDE
SHP
RIEN NE M'ARRÊTERA !

SHRPP
TAK
O...

AAAA
SLASH
GiAA
GiAA
SPLASH

TAK!
AASHH

TAK...
ARG !!
!
...
AU SECOURS !!!
... GG !
SLUSH
!?

SPLASH

YA!!
HIII
CLOP CLOP CLOP CLOP
GRAAA!!!

AA...
AARG
TAP

GRR...
YA!!

THUD

FSSHHHHH
SHH
GROOA
ARRG

AAAAA
!

VLA!!
SAUVEZ-VOUS
... VITE !

MOi, FLAUS, SERVANTE DE LA LUMIÈRE SOU-VERAiNE, PORTANT LES ARMES DE FALiS,
COMMANDANT LES GUERRiERS DU TEMPLE,
PAR LE SAiNT NOM, ANÉANTiRAi TOUTES LES iNCARNATiONS DU MAL !!!!

WHUD

LAM
CLONG!!
WHIP
THUD...

VLAM
HAA...
HAA...
HAA...
HAA...
HAA...
KRAAK

GRRR!!
GRRR!!
... DES CHIENS DE L'ENFER !!
!?

QUOI ! UN DÉMON MAJEUR ?!
DANS UN ENDROIT PAREIL ?...
UH...
TAK
OH NON !
BESOIN D'UN COUP DE MAIN ?
...

TIENS-NOUS COMPAGNIE CE SOIR, MA BELLE,
ET J'ACCOURS !
QUI... QUI ÊTES-VOUS ?
C'EST UNE PRÊTRESSE DE FALIS, BELD !
CE SERAIT UNE ERREUR DE LA TRAITER À LA LÉGÈRE.
VRAIMENT ?
BLAM
BAH, TANT PIS...

Source des Prodiges !
Mana, Principe Magique !
Permets-moi d'utiliser une goutte de ton Océan !
"TÊTE-À-CORNES" EST À MOI !
CES CRÉATURES IMPIES SONT UNE OFFENSE À FALIS !

GROAAR
RETOURNEZ DANS LE MONDE QUI EST LE VÔTRE !
MANA !
FSHT
DEVIENS PROTECTION CONTRE LE MARTEAU ET LA LANCE !
SLASH

SLASH!!
INCROYABLE !
POF!!!
GRO
AA

FALIS, ACCORDE TON AIDE...
INUTILE DE L'AIDER DAVANTAGE...
... IL NOUS EN VOUDRAIT PLUS QU'AUTRE CHOSE.
C'EST QU'IL S'AMUSE,
LE BOUGRE !

SHLAK
CLONG
CLING
GROOOU
CLONG
CLAC!

POF
UNE ENTRAVE MAGIQUE !
QUI... ?

SLASH
AAAAAAAAAA

BLAM
BEAU TRAVAIL !
WORT...
... JE CROYAIS T'AVOIR DIT DE ME LAISSER FAIRE !
MAIS JE...
EUH...
DÉSOLÉ.
SCHING
MERCI DE VOTRE AIDE.
MON NOM EST FLAUS, JE COMMANDE LES SOLDATS...
... DU TEMPLE DE FALIS. VOUS ÊTES CERTAINEMENT DES GUERRIERS DE RENOM...
BELD ...

... MOI, C'EST BELD. JE SUIS MERCENAIRE.
MON COMPÈRE S'APPELLE WORT. IL EST MAGICIEN.
QU'AS-TU L'INTENTION DE FAIRE DE CETTE TÊTE ?
DU CÔTÉ DE KANON, JE LA VENDRAI BIEN ...
... CE GENRE DE TÊTE EST MISE À PRIX.
LE SANCTUAIRE DE FALIS AUSSI ...
... OFFRE DES PRIMES POUR CE GENRE DE TROPHÉE.
NON MERCI ! LEURS TARIFS N'ONT RIEN D'INTÉRESSANT !
ON S'EN VA, WORT.
ATTENDEZ !
DANS CE CAS, JE VOUS ENGAGE COMME MERCENAIRES.
AU NOM DU SANCTUAIRE !
MAIS EN TANT QUE SUI-VANTS, VOUS DEVREZ ME JURER FIDÉLITÉ.
JE PUIS VOUS PROMETTRE DAVANTAGE QUE DES RÉCOMPENSES DE CHASSEURS DE TÊTES.
ÇA VOUS INTÉRESSE ?

QU'EST-CE QU'ON FAIT, WORT ?
SI TU EN AS ENVIE...
... JE NE SUIS PAS CONTRE.
ALORS, C'EST D'ACCORD ?
BELD...
JE M'EN SOUVIENDRAI.

TU RENTRES AU TEMPLE DE VALIS ?
OUI...
JE VAIS FAIRE MON RAPPORT SUR LA SITUATION DES PROVINCES.
IL Y A DÉJÀ UN AN QUE LES MONSTRES ONT SURGI DU DÉDALE INSONDABLE...
DURANT CETTE ANNÉE QUE J'AI PASSÉE EN MISSION, COMBIEN DE VILLES ET DE VILLAGES ONT ÉTÉ DÉTRUITS...
ET COMBIEN DE GENS SONT MORTS ...
ÇA N'AURAIT RIEN D'ÉTONNANT...
IL ÉTAIT PARAÎT-IL OBSÉDÉ PAR LE TRÔNE NOIR, ET LE CHERCHAIT DANS LES TRÉFONDS DU DÉDALE INSONDABLE.

SELON CERTAINS, C'EST LE SEIGNEUR DU PETIT DUCHÉ DE SKALD EN TERRE DE MOSS QUI AURAIT LIBÉRÉ LES DÉMONS...
JE NE SAIS PAS SI UN PROFANE EN MAGIE EST CAPABLE D'UNE TELLE CHOSE.
DE TOUTE FAÇON, TOUT CELA IMPORTE PEU DÉSORMAIS !
LODOSS N'EST PAS SEULEMENT RAVAGÉE PAR LES MONSTRES ...
C'EST TRÈS FACILE.
IL SUFFIT DE RÉPANDRE LE SANG D'UN ÊTRE CHER SUR LE TRÔNE NOIR.
OR LA NUIT OÙ ON A PERDU TOUTE TRACE DE BROOK, DUC DE SKALD, SA FILLE A ÉGALEMENT DISPARU.
LES PROVINCES AFFAIBLIES PAR LEURS ATTAQUES VOIENT LEUR TERRITOIRE ET LEURS RESSOURCES MENACÉS PAR LE CHAOS.
COMBIEN DE MORTS HIER ? COMBIEN AUJOURD'HUI ?...

J'ESPÈRE QUE VOUS NE VOUS ENNUIEREZ PAS TROP...
LÀ OÙ NOUS NOUS RENDONS.
LOYD, CAPITALE DE VALIS ET SANCTUAIRE DE FALIS
FLAUS !
SIRE JENART !
TE VOICI DE RETOUR ...
HEUREUX DE TE VOIR SAINE ET SAUVE !
ALORS, QUELLE EST LA SITUATION DES PROVINCES ?

...
QUI SONT CES GENS ?
DES COMPAGNONS À MOI...
DE PUISSANTS ALLIÉS !
VRAIMENT ?
JE VOUS EN PRIE...
VEILLEZ SUR ELLE.
EUH...
C'EST-À-DIRE...
FLAUS...
JE SUIS DÉSOLÉ, TU DOIS ÊTRE FATIGUÉE, MAIS MONSEIGNEUR T'ATTEND.
BIEN !
AH... AU FAIT FLAUS !
N'OUBLIE PAS DE TE CHANGER.
TA TENUE EST SOUILLÉE DU SANG DES DÉMONS...
ÇA NE PLAIRAIT PAS À L'ARCHEVÊQUE.

PERSONNEL-LEMENT...
J'EN SUIS TRÈS FIÈRE.
VEUILLEZ M'EXCUSER...
C'EST FLAUS, VOUS M'AVEZ FAIT DEMANDER...
TOC TOC
AH, TE VOILÀ.
ENTRE DONC.
EXCUSEZ-MOI DE VOUS DÉRANGER.
TAP

HUM ?
QUI SONT CES HOMMES ?
DES MERCENAI-RES ?
... OUI.
C'EST BON.
NOUS AVONS UN VISITEUR, VENU EXPRÈS POUR TE VOIR.
TAP
VOTRE RENOMMÉE EST PARVENUE JUSQU'À LA SALLE DU TRÔNE...
DEMOISELLE FLAUS.
JE SUIS FARN, COMMANDANT DU CORPS DES PALA-DINS DE VALIS.

LE COMMANDANT DES PALADINS DE VALIS...
SEIGNEUR FARN ...?
L'ÉTAT-MAJOR DE VALIS ENVERRAIT-IL ENFIN DES RENFORTS !?
EUH...
NON.
HÉLAS...

MES COMPAGNONS SONT GENS DE CONFIANCE,
VOUS POUVEZ PARLER LIBREMENT DEVANT EUX...
C'ÉTAIT LA NUIT DERNIÈRE...
BROOOO
TAP

AH...
SEIGNEUR FARN...
QUE VENEZ-VOUS FAIRE DANS LA SALLE DU TRÉSOR AU BEAU MILIEU DE LA NUIT ?
BLAM
K-KLANG
QUE... !
ARRÊTEZ !?

KRUSH !
BLAM
LES ARMES SACRÉES !?

L'ARMURE,
LE BOUCLIER,
ET L'ÉPÉE SACRÉS.
CE SONT LES TRÉSORS DE VALIS.
CES ARMES, SANCTIFIÉES PAR MAGIE, ONT APPARTENU AU FONDATEUR DU ROYAUME DE VALIS.
C'EST L'ŒUVRE D'UN DOPPELGÄNGER.
ET...
ON VOUS A ACCUSÉ DU VOL ?
UNE DES NOMBREUSES ESPÈCES DE DÉMONS INFÉRIEURS.
LA SPÉCIALITÉ DE CES CRÉATURES EST LA MÉTAMORPHOSE.
NORMALEMENT LES DÉMONS LES FUIENT COMME LA PESTE...
BIZARRE. DES ARMES SAINTES, BÉNIES PAR MAGIE...
WORT
TA MAGIE EST-ELLE CAPABLE DE DÉTERMINER OÙ SE TROUVENT MAINTENANT CES DÉMONS ?
EH BIEN, J'IGNORE QUI INVOQUER, MAIS...
JE VOUS PRIERAI DE VOUS EN ABSTENIR À L'INTÉRIEUR DU TEMPLE.

N'AYEZ CRAINTE.
ARCHEVÊQUE ...
... JE PARS AVEC LE SEIGNEUR FARN RETROUVER CES ARMES SACRÉES.
DÈS MON RETOUR, À SUPPOSER QUE JE REVIENNE,
JE CONSEILLERAI À SA MAJESTÉ
DE LEVER UNE ARMÉE CONTRE LES DÉMONS.
ET À CE MOMENT, ARCHEVÊQUE,
IL SERA TEMPS DE PRÊCHER LA GUERRE SAINTE.

UN TEL VIEILLARD COMME DIRIGEANT SUPRÊME...
ET UNE FILLETTE À LA TÊTE DES SOLDATS DU TEMPLE
JE SUIS DÉSOLÉE, BELD.
TOUTE CETTE HISTOIRE EST RIDICULE.
LES FIDÈLES MANQUENT CRUELLEMENT, DANS VOTRE CHAPELLE !
ALLONS, TU N'AS PAS BESOIN DE T'EXCUSER.
LE JOUR VA TOMBER.

TROUVONS UNE AUBERGE POUR CETTE NUIT. NOUS PARTIRONS À L'AUBE.
OUI, CAR J'OBÉIS DIRECTEMENT AU ROI.
MÊME S'IL Y A À LA COUR DES GENS QUI ME SOUPÇONNENT ...
POUR LE CHÂTEAU ... ?
VOUS POUVEZ DONC Y RETOURNER ?
EN TANT QUE PALADIN, J'AI POUR DEVOIR DE RENDRE COMPTE À MON SUZERAIN...

C'EST TOUT LE DRAME DE LA VASSALITÉ.
JE NE POURRAI JAMAIS COMPRENDRE UNE CHOSE PAREILLE, MOI QUI NE SERS AUCUN MAÎTRE.

!!
ÉCARTEZ-VOUS !
TCHAK
TAK!!
CLONG

QU'EST-CE QUE C'ÉTAIT
... QUE ÇA ?
UN SORT DE DÉTECTION.
C'EST RATÉ.
UN DÉMON SUPÉRIEUR ?
PROBA-BLEMENT.
LE SEIGNEUR DES DÉMONS
QUELLE UISSANCE !
J'AI RESSENTI UNE MAGIE EXTRAORDI-NAIRE.
LA PARTIE EST PERDUE.
SI LA MAGIE DE WORT N'A PAS D'EFFET...
NON, ATTENDS ...

SANS DOUTE QU'AVEC LE CRISTAL DE CLAIRVOYANCE QUI EST CONSERVÉ À L'ACADÉMIE DE SAPIENCE...
L'ACADÉMIE DE SAPIENCE ?
C'EST LE LIEU DE FORMATION DES MAGICIENS.
IL PARAÎT QUE LE MAÎTRE MAGICIEN ROYAL DE VALIS Y A ÉTUDIÉ.
DISPARUE AUX TEMPS DE L'ANTIQUE ROYAUME DE KASTUHL, LA MAGIE FUT RESSUSCITÉE IL Y A DEUX CENTS ANS.
AVEC CETTE NOUVELLE MAGIE APPARURENT DES MAGES EXCEPTIONNELS.
VOTRE SAVOIR SEMBLE VASTE, SEIGNEUR PALADIN.
QUANT AUX OBJETS MAGIQUES EXHUMÉS DES ANCIENNES RUINES, ILS SONT TOUJOURS CONSER-VÉS PRÉCIEUSEMENT.

MAIS OÙ SE TROUVE ... CETTE ACADÉMIE DE SAPIENCE ?
AU NORD DANS LA VILLE D'ALAN, CAPITALE D'ALANIA.
LES DÉMONS SEMBLENT SE DIRIGER VERS MOSS, DONC C'EST UN DÉTOUR, MAIS...
JE SUIS D'AVIS QUE NOUS AGISSIONS COMME VOUS LE CONSEILLEZ.
CELA NOUS AMÈNE EFFECTIVEMENT À FAIRE UN DÉTOUR, MAIS...
MOSS EST TOUJOURS EN PLEINE GUERRE CIVILE, ET LES MONTAGNES SONT INFESTÉES DE MONSTRES.
ERRER À L'AVENTURE EN TERRITOIRE ENNEMI NE NOUS APPORTERA RIEN DE BON.
DEMAIN, NOUS PARTONS POUR ALAN.

RÉGION DE MOSS-PRINCIPAUTÉ DES HAURES-TERRES
BRRAAAUU
AUUGHH
Y A-T-IL QUELQUE CHOSE POUR VOTRE SERVICE,
ALTESSE ?
OUI
OH...
CE SONT CES CRIS QUE VOUS ÉCOUTEZ ?

DEPUIS LES TEMPS LES PLUS RECULÉS, ON DIT QUE LE DRAGON DORÉ VIT DANS CES MONTAGNES.
IL S'AGIT SANS DOUTE DES CRIS DE CET ANCIEN DRAGON.
LES CRIS ... DU DRAGON ?
AAUUUUUUHH
DEPUIS QUE LES MONSTRES ONT ENVAHI LODOSS, ON NE L'AVAIT PLUS ENTENDU...
AAUU
C'EST LA RELÈVE.
ENFIN !

ENCORE CES HORRIBLES CRIS !
IL Y A DE LA DIABLERIE LÀ-DESSOUS ...
HÉ !
FAIS ATTENTION À CE QUE TU DIS !
DANS LA GARNISON, ON N'AIME PAS LES COUARDS...
CLONG-CLONG
ARRÊTEZ !!
QUI ÊTES-VOUS !
OÙ ALLEZ-VOUS COMME ÇA !?
ICI COMMENCE LE TERRITOIRE DE MISE, LE PRINCE-DRAGON !

JE NE SAIS PAS À QUEL CORPS DE CHEVALERIE VOUS APPARTENEZ, MAIS...
SI VOUS ÊTES MANDATÉ PAR UN PAYS ÉTRANGER, MONTREZ VOTRE SCEAU !
À MOINS QUE VOUS NE SOYEZ UN ÉMISSAIRE SPÉCIAL...
IL... IL DÉGAINE !?
REGARDEZ !
CETTE ARMURE...
LE BLASON DE VALIS ?
AASH
SHHH

RAIDEN
FLAIM
ALANIA
VALIS
KANON
MOSS
MARMO
ALAN, CAPiTALE D'ALANiA. NORD-EST DE LODOSS.
iLS ONT PAS L'AiR DE S'EN FAiRE DES MASSES,
DANS LE COiN.
NOUS SOMMES DANS LES PROVINCES DU NORD,
LES DÉMONS N'ONT SANS DOUTE PAS ENCORE ATTEiNT CETTE RÉGiON.
LÀ-BAS...
C'EST L'ACADÉMIE DE SAPiENCE ?
C'EST ÇA.

ATTENDEZ-MOI ICI,
JE N'EN AI PAS POUR LONG-TEMPS.
ATTENDS, JE VIENS AVEC TOI...
MERCI POUR TON AIDE, MAIS TU NE ME SERAIS D'AUCUN SECOURS.
NE JAMAIS UTILISER LA MAGIE POUR COMBATTRE, TEL EST LE PRINCIPE DE L'ACADÉMIE.
WORT, LUI, EST UN EXCEN-TRIQUE !
POUR LUI, MAGIE ET COMBAT, C'EST PAREIL.
ON PEUT DIRE ÇA COMME ÇA.
EH BIEN, J'Y VAIS. J'ESPÈRE RAMENER LE CRISTAL DE CLAIRVOYANCE.
BONNE CHANCE.

JE DOIS REPRENDRE AU PLUS VITE...
LES ARMES SACRÉES À CES DÉMONS.
MAJESTÉ !
HAA
HAA
HAA
HAA
RÉPÈTE-MOI TON HISTOIRE.
UN...
UN PALADIN DE VALIS...
À LA TÊTE D'UN GROUPE DE MONSTRES...
ILS ONT ATTAQUÉ LE POSTE-FRONTIÈRE, ET ONT PÉNÉTRÉ SUR NOTRE TERRITOIRE !

LA GARDE DU POSTE-FRONTIÈRE...
... COMPLÈTEMENT ANÉANTIE !
BAM
MAJESTÉ !
ENVOYEZ IMMÉDIATEMENT ...
... UN MESSAGER À VALIS !
IL FAUT AVANT TOUT SAVOIR SI VALIS VEUT VRAIMENT NOUS DÉCLARER LA GUERRE !
SI C'EST LE CAS, L'INTRUSION DE CE PALADIN ÉQUIVAUT À UNE DÉCLARATION DE GUERRE !
C'EST DÉJÀ DÉLICAT DANS LES ESCARMOUCHES ENTRE NOBLIAUX ...
... MAIS SI ON A AFFAIRE À VALIS, LA PARTIE S'ANNONCE RUDE !

QUEL ENDROIT PAISIBLE....
JE VOIS CETTE VILLE,
LES DÉMONS NE SEMBLENT QU'UN MAUVAIS RÊVE...
C'EST LA PLUS ANCIENNE VILLE DE LODOSS.
ON RACONTE QUE CETTE RUE FUT CONSTRUITE PAR LES NAINS. ELLE A TRAVERSÉ LES SIÈCLES SANS LE MOINDRE CHANGEMENT...
UNE TELLE PAIX RÉGNERA-T-ELLE UN JOUR SUR LE MONDE ?
HÉLAS, J'AI L'IMPRESSION...
QUE CE N'EST PAS POUR DEMAIN...

SENTEZ...
LE VENT LUI-MÊME EST LOURD DE SANG.
KYAAA!!
!

QU'EST-CE QUI SE PASSE !?
QU'EST-CE QUE C'EST !?

QUEL EST ...
MAIS C'EST !?
CET ENDROIT ...
OUI, DAME NIIS.
UNE MES-SAGÈRE VIENT JUSTE D'ARRIVER D'ALAN...
UN NAIN ?
ET ELLE AFFIRME
QU'IL S'AGIT DU ROI DES NAINS DU SUD ?

TRÈS BIEN.
LA GRANDE PRÊTRESSE EST ABSENTE. JE PARS POUR ALAN.
QUANT À TOI, PRÉVIENS IMMÉDIATEMENT LES NAINS D'ICI.
OUI.

EST-CE TOI ?
QUI EST VENUE NOUS PRÉVENIR ?
VIENS !
VIENS AVEC MOI JUSQU'À ALAN.

SIRE WORT ?

PAR ICI JE VOUS PRIE.
GRAND SAGE
SIRE WORT EST ARRIVÉ.
LE SUPÉRIEUR RARKASS VOUS ATTEND.
ENTREZ.
PERMETTEZ-MOI DE ME RETIRER.
VLAM
WORT
QUI EST CE GARÇON ?

QUI ?
VAGNARD ? ...
OH... IL AURAIT DÉJÀ REÇU LE TITRE DE SAGE...
S'IL S'INTÉRESSAIT À AUTRE CHOSE QU'AUX MAGIES LES PLUS SINGULIÈRES ...
D'AILLEURS TU SAIS QUE ÇA NE ME DÉRANGERAIT PAS DE CÉDER DÈS MAINTENANT MA CHARGE, SURTOUT SI C'ÉTAIT À TOI.
VOUS AVEZ DE LA SUITE DANS LES IDÉES...
AH ! AVEC TON TALENT, TU CONTINUES À PRÉTENDRE QUE TU ES FAIT POUR LA VIE DE MERCENAIRE ?
OUI, SAUF VOTRE RESPECT ...
MÊME UNE FILLETTE EN BAS ÂGE ME MÈNE PAR LE BOUT DU NEZ.
C'EST UNE PRÊTRESSE DE FALIS, NON ?
ON NE PEUT RIEN VOUS CACHER.
IL N'EST RIEN SUR L'ÎLE DE LODOSS QUE LE POSSESSEUR DU CRISTAL DE CLAIR-VOYANCE PUISSE IGNORER.

À PROPOS DE...
JE SAIS.
CEPENDANT IL Y A DES CHOSES QUE MÊME TOI TU IGNORES.
L'ACADÉMIE A TOUJOURS INTERDIT TOUT COMBAT À SES MEMBRES, DE MÊME QUE L'EMPRUNT D'OBJETS MAGIQUES À CET EFFET.
AURAIS-TU OUBLIÉ QUE TELLE FUT LA CAUSE DE L'ANÉANTISSEMENT DU ROYAUME MAGIQUE DE KASTUHL ?
CEPENDANT...
L'ACADÉMIE DE SAPIENCE DOIT EMPÊCHER LA MAGIE NOIRE DE DÉFERLER SUR LE MONDE.
JE SUIS PRÊT À OUBLIER PENDANT QUELQUE TEMPS OÙ J'AI REMISÉ LE CRISTAL.
MAÎTRE RARKASS...

MAJESTÉ !
VOUS ÊTES TOUS SAUFS !?
CEUX QUI SONT ALLÉS SE RÉFUGIER DANS LA GALERIE-EST ONT ÉTÉ ATTAQUÉS PAR SURPRISE...
ET LA SALLE D'AUDIENCE !?
LA SITUATION EST CRITIQUE !
FAITES FUIR FEMMES ET ENFANTS !
LES BLESSÉS, EN RETRAIT !!
QUE TOUS CEUX QUI PEUVENT ENCORE PORTER LES ARMES ME SUIVENT !
C'EST INUTILE...
NOUS SOMMES CERNÉS.
MAJESTÉ !
VOTRE ALTESSE !

IL A REPRIS CONNAISSANCE !
ROI PHLOEBE !!

EXCUSEZ-MOI JE SUIS ENVOYÉE PAR LE TEMPLE DE MARFA...
EST-CE BIEN ICI QU'A ÉTÉ TRANSPORTÉ LE NAIN BLESSÉ ?
BELD
S'IL TE PLAÎT
COMMENT SAVEZ-VOUS ...
NOUS AVONS ÉTÉ PRÉVENUS ...
PAR CETTE PERSONNE ...

ELLE A DISPARU...
OÙ SE TROUVE LE NAIN ?
QUELLE ENDURANCE !
QUE VOUS SOYEZ ENCORE EN VIE TIENT DU PRODIGE.
TU ES DE FALIS...
C'EST TOI QUI L'A SOIGNÉ ?
VOUS ÊTES BIEN LE SOUVE-RAIN DU ROYAUME DES PIERRES, N'EST-CE PAS ?
......
VOULEZ-VOUS NOUS RACONTER CE QU'IL S'EST PASSÉ ?
PAS TRÈS BAVARD...
J'AI ABAN-DONNÉ
MON ROYAUME.

MOi, LE SOUVERAiN,
J'Ai TRAHi MON PAYS.
AAAAAA

SLASH
BALM!!
BOM!!
SH
HF HF
HF
ÏL Y A QUELQU'UN !?

N'Y A-T-IL ...
PERSONNE...
DE VIVANT ?
!?
HNFF...
ALORS C'EST TOI...
CRÉATURE DE L'ENFER ...
MAUDIT DÉMON !!!
BRRAAAA

KLING
ROI PHLŒBE !
N'ALLEZ PAS MOURIR
POUR RIEN !
QUOI !?
ATTENDEZ !
JE...
AT...

QUAND J'AI REPRIS CONNAISSANCE, J'ÉTAIS DEVANT CETTE VILLE.
LE ROYAUME DES PIERRES EXISTE DEPUIS LES TEMPS IMMÉMORIAUX...
ET IL EST TOMBÉ EN QUELQUES JOURS FACE À CES MONSTRES...
JE NE SAIS MÊME PAS S'IL RESTE LE MOINDRE SURVIVANT.
ET MOI, APRÈS M'ÊTRE MONTRÉ INCAPABLE DE LE PROTÉGER,
MERCI...
MERCI DE NOUS AVOIR PRÉVENUS.
MAINTENANT NOUS CONNAISSONS LES VISÉES DES DÉMONS.
JE N'AIME PAS JOUER AUX DEVINETTES.
ÉCOUTE-MOI BIEN, GUERRIER.
SI JE VOUS AI RÉVÉLÉ CE DÉSHONNEUR, ABANDONNANT TOUTE FIERTÉ...
C'EST BIEN PARCE QUE CE COMBAT N'EST PAS CELUI DES SEULS NAINS.

LE GRAND TUNNEL DES NAINS QUI TRAVERSE LE ROYAUME DES PIERRES...
IL EST RELIÉ AUX INNOMBRABLES SOUTERRAINS QUI TRAVERSENT LODOSS.
CES GALERIES S'OUVRENT À L'AIR LIBRE UN PEU PARTOUT.
ÇA VEUT DIRE...
... QUE DÉSORMAIS LES DÉMONS PEUVENT APPARAÎTRE À L'ENDROIT DE LEUR CHOIX...
OUI !
NOUS LES AVONS LAISSÉS S'EMPARER DES SOUTERRAINS DE LODOSS, ET MAINTENANT L'ÎLE ENTIÈRE EST À LEUR MERCI.

BROOOM
ATTENTION.
BROOOM
LES NUAGES SONT UN MAUVAIS PRÉSAGE,
UNE TEMPÊTE APPROCHE.
HOLÀ ! ÇA VIENT DU CHÂTEAU DE SKALD, CE SONT SÛREMENT LES DÉMONS QUI PROVOQUENT CETTE TEMPÊTE.
TOI ET TES RACCOURCIS !
KW !
CESSE DE GEINDRE !
TU SAIS BIEN QUE LES ROUTES SONT TOUJOURS FERMÉES, À CAUSE DES COMBATS.
J'T'AVAIS DIT DE NE PAS PASSER PAR ICI.
TRAVERSER LES MONTAGNES PAR LE SUD DE DRAGONSCALE, C'EST LE CHEMIN LE PLUS COURT.
SI ON CONTINUAIT PAR LA ROUTE JUSQU'AU VILLAGE,
ON SE FERAIT ARRÊTER PAR LES SOLDATS, ET ON PERDRAIT PLUSIEURS JOURS !
ALORS DIS PAS DE CONNERIES, ET GROUILLE-TOI UN PEU.
ON VA ÊTRE EN RETARD POUR LA KERMESSE.

BROOOOM

BROOOM

HAAAR
GROO
GROOA

CATACLOP
CATACLOP

GR...
GRR
SHRRK...
SNF
CROAR

GRR?

BLONG!!

FZZZ...
VLAM
TON ENDURANCE EST DIGNE DES PALADINS.
JE SAIS COMBIEN CELA EST ÉPROUVANT.
ALORS ?
LA VISION ÉTAIT D'UNE OPACITÉ DE PIERRE, MAIS J'AI FINALEMENT PU IDENTIFIER L'ENDROIT.
OÙ SONT-ILS ?
DANS LE CHÂTEAU DU DUC DE SKALD.
C'EST DEVENU LE REPAIRE DES DÉMONS.

JE VAIS AVEC VOUS.
PHLOEBE !
VOUS AVEZ BESOIN DE REPOS.
NE T'INQUIÈTE PAS, PRÊTRESSE DE MARFA !
QUE J'APERÇOIVE LA FACE D'UN SEUL DÉMON, ET LES FATIGUES DE TOUTE MA VIE S'ENVOLERONT.
AVEC MA HACHE DE COMBAT...
BOM
VOILÀ, MAINTENANT IL VA SE REPOSER.
CES NAINS SONT VRAIMENT DE SACRÉS GAILLARDS...
ALLONS-Y !
MAIS UN BLESSÉ EST UN POIDS MORT.
BELD...

JE VAIS RETOURNER AU TEMPLE DE MARFA AVEC LE ROI PHLOEBE.
LA TERRE NOURRISSIÈRE NE DOIT PAS IGNORER LE DÉFERLEMENT DU MAL SUR LA TERRE DE LODOSS.
MARFA POSSÈDE ÉGALEMENT UN CORPS DE TEMPLIERS.
NOUS NOUS RETROUVERONS DONC CERTAINEMENT À UNE BATAILLE OU UNE AUTRE.
D'ICI LÀ, BONNE CHANCE À VOUS...
... NIIS.
À TOI AUSSI ...
SS
SS
SS

DOH
HGH ...
HGH ...
SHRK

AAH!

TAP
!
GRR
GRR
GROO

KRAK
BROOOOOO

SOURCE DES PRODIGES !
MANA, PRINCIPE MAGIQUE...
ÉVEILLE LES POUVOIRS PHYSIQUES LATENTS DE CET HOMME...
LIBÈRE LES FORCES ENDORMIES QUI COULENT DANS LES VEINES DU GUERRIER !
C'EST BON ?
OUI.

C'EST PARTI !
SLING
KRA-K !

HA !
SHLLP

BLAM
NOUS SOMMES BEL ET BIEN ATTENDUS...
JE M'EN DOUTAIS !
ALORS POURQUOI TU NE L'AS PAS DIT !?
TIENS, TIENS...
TU N'EN AURAIS PAS TENU COMPTE.
IL Y A FOULE, ON DIRAIT...
EXCUSEZ-NOUS DE VOUS AVOIR FAITS ATTENDRE ...
NOUS VOILÀ.

ASHH
YAA...!!
VLAM
BONG

GRRRRR
KLONG !
FSHH
FORTZ !

WORT!
MANA, SOURCE DE LA MAGiE, AGiS SELON MA VOLONTÉ !
RAAAAA
QUE LE BOIS SOIT FRAPPÉ DE NŒUDS ET NE PUISSE S'EN DÉFAIRE.
KRAK
FSHH
GRR
YAA

SLASCH
LES ARMES SACRÉES SONT DANS LES QUARTIERS DU DUC !
PROTÉGÉES PAR UN ARCHI-DÉMON !
C EST TOUT DROIT APRÈS CETTE SALLE, AU BOUT DU JARDIN INTÉRIEUR !
ÉVITEZ DE GASPILLER VOS FORCES CONTRE CES DÉMONS MINEURS !
SLAK
AVEC LA PRIME QUE J'EN SOUTIRERAI AU TEMPLE DE FALIS, JE LES METTRAI SUR LA PAILLE...
GARDEZ-MOI LA TÊTE DE L'ARCHIDÉMON !!!
ÇA IRA ?
SI TU TE PERDS, ON SE RETROUVE DANS LES QUAR-TIERS DU DUC !

VLAN
TERRASSE SEULEMENT LE SEIGNEUR DES DÉMONS !
ET TU AURAS BIEN PLUS QUE DE L' ARGENT : LES PLUS HAUTS HONNEURS DE NOTRE ORDRE !
KRAK
MERCI, J'EN FERAI CADEAU AU PALADIN !
GROA
GRAAA
QUEL DOMMAGE, BELD !
FSH
SI TU ÉTAIS GUERRIER DU TEMPLE DE FALIS, RIEN NE TE TIENDRAIT PLUS À CŒUR...
CLONG !

MOi ? EN SERVANT DE DiEU ?
QU'EST-CE QUE TU EN PENSES ?
HEiN ?
HÂTEZ-VOUS !
JE VAiS SCELLER LA SERRURE !
VLA !
SUiS L'iNJONCTiON DU MAÎTRE DU MANA. ET N'OUVRE...
QU'EN RÉPONSE AU SEUL SON « KARMA » !
ROOOOAR !!
VLAAM !!

!
BROOOOO

KRAK !
AINSI C'ÉTAIT BIEN ÇA...
ALORS C'EST LUI QUI AURAIT TUÉ LE MAGASINIER DU PALAIS DE VALIS POUR VOLER LES TROIS ARMES SACRÉES...
MAIS CE QU'IL A VOLÉ EN PREMIER, C'EST MON APPARENCE !
BELD !
JE TE LAISSE L'ARCHIDÉMON...
QUANT À CELUI-CI...

JE M'EN CHARGE.
AMUSE-TOI BIEN !
PAR ICI !
IL Y A UN ESCALIER DÉROBÉ QUI MÈNE AUX APPARTEMENTS DU DUC.
RAAA
MOI, FARN, COMMANDANT DU CORPS DES PALADINS DU ROYAUME SACRÉ DE VALIS...
... TE DÉFIE !

FARN!!
AAHH
CLONC

VIENS !
AAA...
TAP !!

CLONG
VLAM
VLAM!
CLONG!

NG..
AAAA
AAH
ARG!

PLIK
PLIK
HOAAAR
SHLARK

Hf
Hf
Hf
Hf
Hf
Hf
Hf

BLAM
KLANG
BRRRR

KLONG !
C'EST CURIEUX... PAS D'EMBUSCADE ?
À QUOI BON UN COMITÉ D'ACCUEIL ?
ILS ONT DÉCIDÉ QUE LA CHAMBRE DUCALE SERAIT NOTRE TOMBE.
À PROPOS, WORT !
TU AS L'AIR DE BIEN CONNAÎTRE CE CHÂTEAU...
COMME MA POCHE, TU VEUX DIRE !
DEPÊCHONS-NOUS !

QU...
HEIN !?
JE VOUS ATTENDAIS,
GUERRIÈRE DU TEMPLE.

QUI ÊTES-VOUS ?
JE N'AI PAS DE NOM.
DISONS QUE JE SUIS QUELQU'UN QUI S'INQUIÈTE DU SORT DE LODOSS.
ET QUANT À VOULOIR EXTERMINER LES DÉMONS, NOS OBJECTIFS SONT IDENTIQUES...
TU FAIS COMME TU VEUX.
BLAM

SSCH!
KLONG!

C'EST LA PREMIÈRE FOIS QUE JE RENCONTRE PLUS PUISSANT QU'UN DÉMON SUPÉRIEUR...
IMPRES-SIONNANT !
JE SUIS TERRIFIÉ...
QUELLE MÉCHANCETÉ, QUELLE SATANIQUE VILE-NIE !... ET CETTE NOIR-CEUR D'ÂME !
ET LE SEIGNEUR DES DÉMONS... SERAIT ENCORE PLUS DÉMONIAQUE ?
IL VAUT MIEUX NE PAS LE RAILLER...
C'EST UN ADEPTE DE LA MAGIE DES TÉNÈBRES.
BELD N'OUBLIE PAS...
QUE NOTRE OBJECTIF EST DE RÉCUPÉRER LES ARMES SACRÉES !
JE SAIS !

JE VAIS T'ÉPAULER,
LUI AUSSI UTILISE LA MAGIE...
ATTENTION !
C EST UNE FORMULE DE BOULE DE FEU !
PAR LA LUMIÈRE SOUVERAINE...
VIENS À MOI, MUR DE LUMIÈRE PROTECTEUR !

PROTÈGE LEUR CHAÎR DES FEUX DE L'ENFER !!
BLAM!!
SHHH
MANA, SOURCE DE LA MAGIE !
DEVIENS BOUCLIER INVISIBLE
FACE AUX LAMES ET À TOUS LES POUVOIRS...
CLONG
BONG

VLAM!
ÇA NE LUI FAIT RIEN !?
VLAM

TAP
AAARRGRRR
FAUT-IL S'ÉTONNER DE LA PUISSANCE INOUÏE...
DU FEU, MALGRÉ LA PROTECTION DE LA MAGIE DE LUMIÈRE ?
JE SUIS SURPRIS AUSSI
DE VOIR QUE TU CONNAIS LA MAGIE DES TÉNÈBRES !
ABATS-TOI EN UNE RÉPONSE DE FEU !
AAAAAAA
MANA AUX INFINIS POUVOIRS ! DEVIENS FEU DE DESTRUCTION !
PIED DE LA SALAMANDRE, SOUFFLE DE L'EFRITE, COLÈRE DU TITAN ORIGINEL...

FSSH
VANA
FLAME
FSSH
FSSHHH
VEY
BLAM
İGROLS
PRİNCİPE DE LA MAGİE, SOURCE DES PRODİGES !
VLAM
KRAK
CHANGE-TOİ EN FEU MAGİQUE, ET LOGE-TOİ DANS LA LAME !

BELD !
SEULES LES ARMES MAGIQUES PEUVENT L'ATTEINDRE !
PRENDS ÇA !!
FROTCH
FSHHA
HHA
SLASH

SHH
SHH
SHH
AUCUN POINT VULNÉRABLE AU TRANCHANT !...
MEURS !!
CLONG
ARG !!

TAK
TAK
TCHAK

HM !!
CETTE FORMULE !?...
ALORS ?
ABANDONNE !
TU AS PERDU.
HEIN ?
UNE FORMULE DE PÉTRIFICATION ...
IL LA SUPPORTE PLUTÔT BIEN...

AAH
TAK!!
À TOI !
BELD !
FARN !?
TCHAK

SLASH
BOM !!
VLAM !
BIEN JOUÉ, BELD !

TOI AUSSI...
TU M'AS L'AIR ENTIER ?
APPAREMMENT TU AS PU TE VENGER ?
JE TE REMERCIE.
J'AI EN EFFET PU LAVER MON NOM.
TU M'ÉTONNES, AVEC CE TYPE D'ATTIRAIL !
TRÈS EFFICACE CONTRE LE MAL...
SHAK

BELD !!
AH ! TU FAIS LA FORTE TÊTE ?
SHLAK

TCHK
AAAAA...
SHH

KRAKK

BLAM

VOYEZ...
ATTENDEZ !
BELD !
SLHLIKK
SHLLIKA
SHLK
HABITANTS DES CIEUX !
ENFANTS DES ÉTOILES !

SHLKKK
LE MANA VOUS INVITE SUR CE SOL.
FSSSST
FSSHHT
ASSEMBLEZ-VOUS VITE, ET SOYEZ L'ARME QUI FRAPPE NOTRE ENNEMI !
TAK
TAK
SSH
SHH
FSSHH
FSHH

BROO
CE BRUIT... ?

BOM BOM BOM

IL A SON COMPTE ?
ON DIRAIT...
TU CROIS POUVOIR TE LEVER, BELD ?
LA TÊTE... DE L'ARCHI-DÉMON...
NE L'OUBLIE PAS !
FARN !?
TAK
ÇA... ÇA VA...
CE N'EST RIEN.

C'EST LA MOR-SURE...
ELLE L'A EMPOISONNÉ.
ALORS, À VOTRE AVIS ?
C'EST BIZAR-RE...
PAS UN CHAT !
HEU... OUAIS.
ET SI ON RENTRAIT ?
ILS ONT SÛREMENT TOUS ÉTÉ TUÉS PAR CES DRÔLES DE BOULES DE FEU.
TAP
TCHAV
C'EST LE REPAIRE DES DÉMONS ! S'IL EN RESTE, IL FAUT QU ON LE SACHE.
ESPÈCE DE CRÉTIN !
AU VILLAGE, IL N'Y AURA PAS DE SURVIVANTS !

WAH !
ATTENDEZ !
JE SUIS PRÊTRESSE DE FALIS !
ET VOUS N'AVEZ RIEN À CRAINDRE NON PLUS DES GENS QUI M'ACCOMPAGNENT.
FA... FALIS ?
C'EST... C'EST LA TÊTE D'UN DÉMON !
RE... RE... REGARDE, FEYLO !
LÀ...
S'IL VOUS PLAÎT !
S'IL Y A UN VILLAGE DANS CES PARAGES, CONDUISEZ-NOUS-Y.
NOUS AVONS...
...DES BLESSÉS.

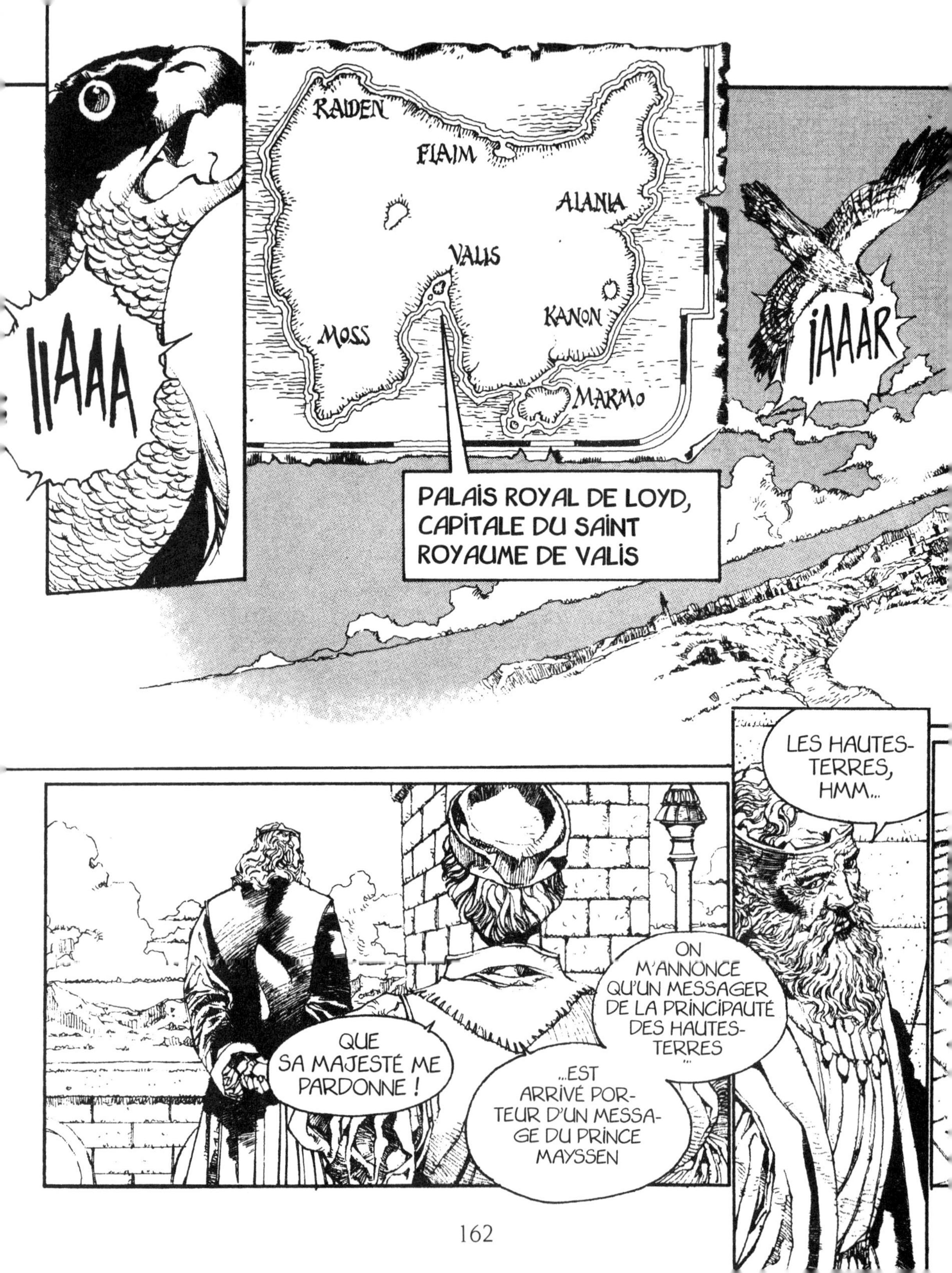

IIAAA
RAIDEN
FLAIM
ALANIA
VALIS
KANON
MOSS
MARMO
¡AAAR
PALAIS ROYAL DE LOYD, CAPITALE DU SAINT ROYAUME DE VALIS
LES HAUTES-TERRES, HMM...
ON M'ANNONCE QU'UN MESSAGER DE LA PRINCIPAUTÉ DES HAUTES-TERRES ...
QUE SA MAJESTÉ ME PARDONNE !
...EST ARRIVÉ PORTEUR D'UN MESSAGE DU PRINCE MAYSSEN

MAJESTÉ !
OUI ?
TOUT À L'HEURE, UN FAUCON S'EST POSÉ DANS LES JARDINS ROYAUX.
LE PRÊTRE DU PALAIS QUI L'A TROUVÉ AFFIRME QU'IL EST GUIDÉ PAR UNE LUEUR MAGIQUE...
CE N'EST PAS TOUT...
QUOI DONC ?
ET IL PORTAIT CETTE LETTRE ATTACHÉE À LA PATTE.
TRÈS BIEN, ALLONS-Y... E LE GRAND RÉSORIER...
...NOUS REJOIGNE À LA SALLE DU TRÔNE !
BIEN, SIRE !

HMM...
YA!
YA!
À SA MAJESTÉ, LE SAINT SOUVERAIN DE VALIS !
VOS ORDRES SONT EXÉCUTÉS SANS FAUTE.

MAIS NOUS AVONS DEUX BLESSÉS. NOUS ESPÉRONS CONTINUER DÈS LEUR RÉTABLISSEMENT.
AS-TU RÉCUPÉRÉ LES ARMES SACRÉES ?... FARN.
J'ESPÈRE QUE TU ES SAIN ET SAUF...

VOUS DITES QUE DES RÉFUGIÉS DE MOSS SONT ARRIVÉS EN VILLE ?
OUI !
IL SEMBLE QUE LA PLUPART FUIENT LES TROUBLES...
HMM...
IL FAUT ÉVIDEMMENT LES ACCUEILLIR...
S'AGIRAIT-IL D'UNE LUTTE POUR LE TRÔNE ?...
JE NE SERAIS GUÈRE ÉTONNÉ QU'UNE AUSSI PETITE CONTRÉE METTE SON SORT ENTRE LES MAINS DES DÉMONS...

À PROPOS, QUELS SONT LES MOUVEMENTS DES CRÉATURES ?
ELLES N'ONT PAS ENCORE MANIFESTÉ L'INTENTION DE SORTIR DES MONTAGNES DE MOSS.
AH, QUEL TERRIBLE MALHEUR !
LIBÉRER DES MONSTRES AUSSI PROFONDÉ-MENT SCEL-LÉS...

NOUS DEVONS FAIRE QUELQUE CHOSE !
LAFERT !!
OUI !
IL PARAÎT QUE LE TEMPLE LOCAL DE MARFA ORGANISE LE REFUGE DES ARRIVANTS...
NOS FIDÈLES, EUX AUSSI, RÉCLAMENT DE PLUS EN PLUS UNE ACTION DE NOTRE PART.
TAP
YA !!
CLONG
VOUS PENSEZ AUX GUERRIERS DE NOTRE ORDRE ?
COMMENT AVEZ-VOUS DIT QUE S'APPELAIT... LE GUERRIER QUI DIRIGE NOS TEMPLIERS ?

VOUS VOULEZ LANCER FALIS DANS CETTE GUERRE ?
IL NE LE FAUT PAS !
CELA REVIENDRAIT À FAIRE DE NOUS UNE SIMPLE ARMÉE
TU TE FIES TROP À TES ARMES !
SI TU AVAIS PRÊTÉ DAVANTAGE D'ATTENTION À TES PIEDS, TU AURAIS ÉVITÉ CETTE CHUTE.
COMPRIS !
SUIVANT !
FLAUS...
VOTRE ÉMINENCE.

QUE PENSEZ-VOUS D'ENVOYER CE GUERRIER, FLAUS, EN RECONNAISSANCE À TRAVERS LES PROVINCES ?
NOUS DEVONS NOUS MONTRER À LA HAUTEUR DE MARFA ET MAILEE...
ET LE PEUPLE EN SERA SATISFAIT.
C'EST UNE EXCELLENTE IDÉE.
VOTRE ÉMINENCE.
ENVOYONS-LA EN MISSION !

LE PLUS OSTENSIBLEMENT POSSIBLE !...

KRAK
PLIC
PLIC

JEUNE FILLE !
TU ES PRÊTRESSE ?
DE L'ORDRE DE FALIS, N'EST-CE PAS ?
JAI DÉJÀ VU CE TYPE DE TENUE.
MES FRUSQUES, À MOI...
...SONT VRAIMENT DANS UN SALE ÉTAT.
AHH, QUELLE CHALEUR !
IL SEMBLE BIEN QUE J'AI GRILLÉ VIF.
...ILS SONT AUSSI PASSÉS PAR CHEZ MOI ET ONT INCENDIÉ MA MAISON.
LES DÉMONS, ILS ONT ATTAQUÉ LE VILLAGE, TUÉ LE CHEF ET LE VOISINAGE...

QUELLE CHALEUR IL A FAIT !
PARDON...
BOM
PARDON...

NOOOONN!!
KRAK
KRAK
KRAK
SNAP!

TU AS RÊVÉ, OU QUOI ?
EUH...
OUI
ÇA VA, BELD ?
TA BLESSURE TE FAIT SOUFFRIR ?
HEY ! J'AI BIEN FAILLI ME FAIRE OCCIRE PAR CETTE BESTIOLE !
LA DOULEUR EST ATROCE, ALORS JE PLEURE COMME UNE MADELEINE...
HUM...
JE DESCENDS PRENDRE DE L'EAU, ET JE REVIENS.
WORT LUI A APPLIQUÉ UNE MAGIE CONTRE LE POISON.
C'EST ÇA, SOURIS !
JE N'AIME PAS VOIR UNE FILLE D'HUMEUR CHAGRINE.
ET FARN, COMMENT VA-T-IL ?
ET LES VILLAGEOIS LUI ONT DONNÉ UN TRÈS BON MÉDICAMENT.

AH OUi ?
EH BIEN VAS-Y, QU'EST-CE QUE TU ATTENDS ?
JE VAiS DORMIR UN PEU.
ALORS, C'EST D'ACCORD ?
Si TU AS BESOIN DE QUELQUE CHOSE, TU APPELLES !
MMM...
HA !
ELLE EST LÀ !
HOLÀ, SOEUR PRÊTRESSE !

LE GAILLARD SE PORTE BIEN ?
PAS DE CHANGEMENT : IL DEVRAIT POUVOIR SE LEVER DEMAIN.
MIEUX, MERCI.
COMMENT VA FARN ?
QUE SERAIT-IL ARRIVÉ SI VOUS NE NOUS AVIEZ PAS AMENÉS ICI ?...
ON A ÉTÉ DRÔLEMENT SURPRIS !
CE CHÂTEAU EST LE REPAIRE DES MONSTRES DEPUIS LONGTEMPS, ET PERSONNE NE S'EN APPROCHE.
AAH, C'EST DONC LÀ QUE VOUS ÉTIEZ !
ALORS QUAND ON VOUS A VUS EN SORTIR AVEC UNE TÊTE DE DÉMON...
C'EST L'ÉPOUSE DU CHEF DU VILLAGE.
BONJOUR !
C'EST UNE BELLE FÊTE QUI SE PRÉPARE POUR CE SOIR, N'EST-CE PAS ?
UNE FÊTE...?

NOUS ENVOYONS LA RÉCOLTE DE L'ANNÉE À LA FORÊT DU MIROIR
JE VOUS REMERCIE, MAIS...
JE NE VOUDRAIS PAS VOUS CAUSER DE DÉRANGEMENT SUPPLÉMENTAIRE.
VEUX-TU M'ACCOMPAGNER, FLAUS ?
J'AI PRÉPARÉ UN BON THÉ.
TU N'AS PAS BESOIN DE RESTER SI FORMELLE.
VIENS DONC PRENDRE UN BON BAIN ET TE CHANGER...
J'AI SORTI LES VÊTEMENTS QUE JE PORTAIS À TON ÂGE, JE PENSE QU'ILS T'IRONT À MERVEILLE.
ET PUIS NOUS POURRONS BAVARDER EN DÉJEUNANT... D'ACCORD ?
OU EST-CE QUE...
NON, BIEN SÛR.
LES RÈGLES DE L'ORDRE DE FALIS INTERDISENT D'ÊTRE À L'AISE ?

CELA TE VA À RAVIR !
J'EN ÉTAIS SÛRE !
HMM... LA FORÊT DU...
MIROIR ?

MERCI.
JE...
CE QUE VOUS AVEZ FAIT...
COMME TU AS DÛ SOUFFRIR...
TU N'ES ENCORE QU'UNE ENFANT !

AINSI DONC, TU ES ENVOYÉ DES HAUTES-TERRES
JE SUIS LE SOUVERAIN DE VALIS.
ALLONS, RELÈVE-TOI.
SIRE !
J'AI BIEN REÇU LE MESSAGE ENVOYÉ PAR LE PRINCE MAYSSEN.
MAIS...
CETTE INTRUSION PAR LA FORCE DANS VOTRE TERRITOIRE PAR UN PALADIN DE VALIS EST UN MALENTENDU.

PARMI VOUS AUSSI, IL Y EN A CERTAINEMENT QUI DOUTENT DE FARN.
ALORS ÉCOUTEZ-MOI !
FARN, COMMANDANT DES PALADINS DONT VOUS METTEZ EN DOUTE LA DROITURE, EST UN CHEVALIER PREUX ET DE BONNE FOI QUI N'A EN RIEN DÉMÉRITÉ.
MAJESTÉ ! EN INFORMER UN ÉTRANGER EST...
QUANT À PASSER ALLIANCE AVEC LES DÉMONS, C'EST LÀ CHOSE IMPENSABLE.
À VRAI DIRE, LES TROIS ARMES SACRÉES, SYMBOLES DE NOTRE ROYAUME, ONT RÉCEMMENT ÉTÉ VOLÉES DU TRÉSOR DU CHÂTEAU.
C'EST SANS IMPORTANCE.
FARN, PARTI À LA RECHERCHE DES ARMES POUR SE LAVER DE TOUT SOUPÇON, VIENT DE ME FAIRE SAVOIR QU'IL A PU LES RÉCUPÉRER.
ET QU'IL S'AGIT SANS DOUTE D'UN COMPLOT DES DÉMONS...
...POUR QUE NAISSENT ENTRE NOS DEUX PAYS DES TENSIONS QUI LES MÈNERAIENT À LA GUERRE.

TOI-MÊME, SI TU AS REÇU LE TITRE DE CHEVALIER...
TU DOIS COMPRENDRE COMBIEN GRANDE EST MA HONTE.
VOICI CE QUE JE VEUX QUE TU RAPPORTES À TON PRINCE.
OUI !
POUR DISSIPER CE MALENTENDU, JE LE VISITERAI POUR PRÉSENTER DES EXCUSES...
MAJESTÉ !
INUTILE...
MA DÉCISION EST PRISE !
JE CONFIE LES AFFAIRES COURANTES AU TEMPLE DE FALIS ET AU PRÊTRE DU PALAIS.
AVANT TOUT, ÉVITEZ TOUTE PRÉCIPITATION...
EH BIEN, CHEVALIER...

LA MENACE QUE LES DÉMONS N'EXERCENT POUR L'INSTANT QUE SUR MOSS
VA CERTAINEMENT S'ÉTENDRE SANS TARDER À LODOSS TOUTE ENTIÈRE
EN TANT QU'ÊTRES HUMAINS...
IL N'EST PAS TEMPS DE NOUS BATTRE ENTRE PROVINCES.
TU NE CROIS PAS ?
CER...
CERTAINEMENT...!

NNG...
HH...
HH
NNG
HHG
HNN

PLIC
PLIC
PLIC

QUELLE ANIMATION !
COMMENT TE SENS-TU ?
JE N'AI PAS PU M'ENDORMIR.
À LA PENSÉE QUE NOUS PRENONS DEMAIN LA ROUTE DE VALIS...
MAIS QUELLE FÊTE !

A-T-ON LE DROIT DE SOURIRE ?
...POUR CES PITRERIES, ALORS QU'IL EST AUSSI GRIÈVEMENT BLESSÉ...
QU'IL TROUVE ENCORE LA FORCE...
?
C'EST-À-DIRE QUE...
JE NE VOUS COMPRENDS PAS TRÈS BIEN, MONSIEUR LE PALADIN.
QUE DOIS-JE RÉPONDRE ?
PEUT-ÊTRE QUE JE DEVRAIS DEMANDER À BELD ?
EN MATIÈRE D'HUMOUR NAVRANT, IL POURRA T'EN REMONTRER.
FARN !!
ARRIVE, ET PAS DE " MAIS " !
TAK
M-MAIS...
JE TE TIENS ! VIENS PAR ICI !
JE VAIS T'ENSEIGNER L'AUTRE !
ESPÈCE DE VERTUEUX FANATIQUE. TU NE CONNAIS QU'UNE MOITIÉ DES PLAISIRS DE LA VIE !

FLAUS...
JE T'AI PRISE POUR QUELQU'UN D'AUTRE.
POUR UNE SORTE DE PRINCESSE...
J'AI L'AIR SI FÉMININE ?
POURQUOI ?
JE CROYAIS N'AVOIR PLUS RIEN D'UNE FILLE
J'EN SUIS HEUREUSE.
JOUR APRÈS JOUR, LE VISAGE DUR, À COMBATTRE LES MONSTRES ET À BAIGNER DANS LEUR SANG...
LES BRAS LUI EN TOMBERONT !
VA DONC VOIR LA RÉACTION DE BELD.

MERCI, WORT.
MAIS JE NE PEUX PAS.
OBSERVE-LES :
QUAND ON LES REGARDE...
ILS SONT APPELÉS À DEVENIR IRREMPLAÇABLES !
CE SONT DES HÉROS...
ON VOIT TOUT DE SUITE QU'ILS SONT DEUX JEUNES ROIS.
LEUR VIE EST LE BIEN DE TOUS.
FLAUS...
JE N'ARRIVE PAS À COMPRENDRE CE QUI TE PRÉOCCUPE.
JE NE VOUDRAIS PAS AVOIR L'AIR DE PRÊCHER À UNE PRÊTRESSE DE FALIS, MAIS...
NE TROUVES-TU PAS STUPIDE DE VIVRE CHAQUE JOUR DANS LA CRAINTE DES LENDEMAINS À VENIR ?
TU AS RAISON...

HOLÀ !!! DE L'ALCOOL !
BELD...
ÎL N'Y A PLUS DE VIN ?!
AU BOUT DES CHEMINS DE LA FORÊT DU MIROIR
QU'UNE FOIS PASSÉS ON NE RETROUVERA PLUS
ARBRE D'OR QUI MÊME LE JOUR DORT
DONNE-NOUS TES RÊVES
CES RÊVES D'UNE DOUCEUR
NÉS DE LA MAGIE DE LA LUNE
ET DE LA FORCE DU SOLEIL
CES RÊVES D'UNE DOUCEUR

ÉCOU-TEZ-MOI, VOUS TOUS !
GROSSIERS PERSON-NAGES
FLAUS... C'EST TOI ?
LA PLUS GRANDE JOUEUSE DE LUTH DU VILLAGE : MARIELLE, VA CHANTER POUR NOUS !
DONNE-LES NOUS
POUR ADIEU
DONT JOURS ET NUITS
ONT TISSÉ LA VIE
FSHH !

SSHHHH
AAH !!!
AAH !!!
AAARGH !!!
QU'EST-CE QU...
GRANDS DIEUX !!!
UNE SYLPHE ?!
SHHH !
AAAH !
C... C'EST...
ON DIRAIT UNE ELFE DE LA FORÊT DU MIROIR !

VALKYRIE ?
VA...
JE T'EN PRIE...
SAUVE...
LA FORÊT...
...L'ARBRE... D'OR...

AUUU
BRRR
AA

AUU...
PRINCIPAUTÉ DES HAUTES-TERRES
MAGICIEN !
AUH

OÙ EST LE MAGICIEN DU PALAIS ?!
JE SUIS ICI,
MAJESTÉ.
LE DRAGON EST DÉCHAÎNÉ !
QUE SE PASSE-T-IL !?
ON NE PEUT PAS PRENDRE CELA À LA LÉGÈRE.
PARDONNEZ-MOI, SIRE.
JE L'IGNORE...
MAIS CE QUE LE DRAGON CRAINT À CE POINT N'A RIEN D'HUMAIN !
CERTAI-NEMENT PAS !

VOULEZ-VOUS ME CONFIER QUELQUES SOLDATS, SIRE ?
POUR QUE J'AILLE VOIR SUR PLACE ?
EN ESPÈRANT QUE CE NE SOIT RIEN DE TROP GRAVE...
JE N'AI EU LE TEMPS DE PRENDRE NI ARC, NI ÉPÉE...

M... MAIS...
UNE ÉNORME ARMÉE DE DÉMONS A SURGI DE LA FORÊT ET DES GROTTES !
IL Y A POURTANT BIEN DES SOLDATS ET DES ÉLÉMENTALISTES PARMI LES ELFES DE LA FORÊT DU MIROIR !?
UN VENT D'OBSCURITÉ...
...COMME SI UN CIEL D'UN NOIR D'ENCRE, SANS LA MOINDRE ÉTOILE, S'ABATTAIT SUR NOUS.
UN DÉMON AUX AILES D'ÉBÈNE ET UNE FEMME AUX CHEVEUX BRUNS...
NOS GUERRIERS EURENT BEAU SE DRESSER VAILLAMMENT...

LES ELFES, QUI VIVENT SI LONGTEMPS...
...ONT VU LEUR VIE ABSORBÉE EN UN INSTANT...
SEULS QUELQUES-UNS ONT PU SURVIVRE.
...MAIS J'IGNORE TOTALEMENT S'ILS ONT PU S'ÉCHAPPER, ET OÙ...
J'AI ÉTÉ IMPRUDENTE.
ILS SONT TOUJOURS DANS LA COURSE.
L'ARBRE D'OR, DEPUIS LA NUIT DES TEMPS, EST À L'ORIGINE DES PLANTES SUR LODOSS.
LES DÉMONS N'ONT PAS RENONCÉ...
À CET ARBRE QUE L'ON DIT INCARNATION DE MARFA.

REGARDEZ DANS QUEL ÉTAT IL EST !
L'ARBRE A ÉTÉ TOTALEMENT RAVAGÉ PAR LES MIASMES DÉMONIAQUES.
IL NE PORTE PLUS NI FLEURS NI FRUITS.
L'EXPANSION DES MONSTRES S'EST DONC ÉTENDUE JUSQUE-LÀ !?

OH NON !...

AINSI DONC...
TE VOILÀ ?

QUE SIGNIFIE CE SOURIRE ?
LA JOIE D'AVOIR ÉTÉ LIBÉRÉE EN CE MONDE ?
OU TE MOQUERAIS-TU DE MOI ?
WORT ?
...UNE CRÉATURE DE CETTE SORTE !
C'EN EST TROP !
JE NE PEUX LAISSER S'ÉCHAPPER...
MAÎTRE DES CIEUX, ENFANTS DES ÉTOILES !
HEY... WORT !
LE MANA VOUS INVITE SUR CETTE TERRE.

RASSEMBLEZ-VOUS VITE ET VENEZ VOUS ABATTRE SUR...
WORT!
THUD!!
HAHAHAHA
¡AAAR!!!

RÂÂÂ...
TU VOULAIS NOUS TUER AVEC, OU QUOI ?!

DÉSOLÉ...
QUE QUELQU'UN ME DONNE UN CHEVAL !
ON Y VA, FARN !
A... ATTENDS, BELD !
JE NE PEUX PAS T'EMMENER DANS CET ÉTAT.
JE VAIS JUSTE VOIR CE QUI SE PASSE DANS LA FORÊT.
NE VOUS INQUIÉTEZ PAS !
... MM ...

FIN

Dépôt légal : octobre 1996. I.S.B.N. : 2-84055-111-X

Traduction : Illan NGUYEN
Adaptation graphique : Olivier VIGNES et Alexandre DURIEUX
Conception graphique : TRAIT POUR TRAIT

Achevé d'imprimer en septembre 1996
sur les presses de l'imprimerie Maury, à Manchecourt